www.ingramcontent.com/pod-product-compliance
Lightning Source LLC
LaVergne TN
LVHW050952051026
849532LV00005B/1811
* 9 7 8 9 3 5 8 7 2 5 3 0 8 *

ریت کا گھر

(منی کہانیاں)

ارشد نیاز

Ret ka ghar *(Mini Short Stories)*
by: Arshad Niyaz
Edition: June '2024
Publisher :
Taemeer Publications LLC (Michigan, USA / Hyderabad, India)

ISBN 978-93-5872-530-8
9 789358 725308

کتاب	:	**ریت کا گھر** (منی کہانیاں)
مصنف	:	**ارشد نیاز**
جمع وترتیب / تدوین	:	اعجاز عبید
صنف	:	فکشن
ناشر	:	تعمیر پبلی کیشنز (حیدرآباد، انڈیا)
سالِ اشاعت	:	۲۰۲۴ء
صفحات	:	۶۲
سرورق ڈیزائن	:	تعمیر ویب ڈیزائن

فہرست

عزت

اور یہ بات ثابت ہو چکی تھی کہ اُس کا ریپ ہوا ہے۔ سرکار کی طرف سے اُس کے ہاتھوں میں بیس ہزار کا چیک تھما دیا گیا تھا۔ وہ سوچ رہی تھی۔

ریپ کرنے والے کیوں نہیں پکڑے گئے۔

کیا اس سنگین جرم میں انہیں سزا نہیں دی جائے گی۔

وہ سوچتی رہی اور چیک کو اُلٹ پھیر کر دیکھتی رہی اور پھر خود ہی بُدبُدائی۔

دنیا والوں کے سامنے یہی میری عزت کا مول ہے۔

اور پھر چھت پر گئی اور وہاں سے نیچے کود گئی۔

***

فریادی

کہتے ہیں کہ یہ بستی انسانوں کی ہے مگر یہاں انسان نہیں بستے ہیں۔ حقیقتاً برسوں پہلے کسی فقیر نے بددعا دے دی تھی جس کی وجہ سے سب کے سب درندے بن گئے۔ اب یہاں سے انسانوں کا گزر ہوتا ہی نہیں ہے۔ اگر بھولے بھٹکے سے کوئی ادھر آ جاتا تو اُسے

یہاں سے نکل جانا بہت ہی مشکل ہو جاتا ہے۔۔۔۔۔۔۔۔۔۔۔

یہ سلسلہ یوں ہی چل رہا تھا۔

درندے اپنی درندگی سے عاجز آچکے تھے۔

سب کے سب انسان بننے کے لئے مچل رہے تھے۔

"کیا کیا جائے۔!"

سب سوچ رہے تھے۔

"چلو ہم سب اپنی خطاؤں کی معافی اللہ سے مانگیں۔"

اُن کے سردار نے کہا اور وہ سب بارگاہ خداوندی میں جھک گئے۔ منت و سماجت کرنے لگے، کرتے رہے۔۔۔۔۔ کہا جاتا ہے کہ وہ اب بھی سر جھکائے رو رہے ہیں۔ چلا چلا کر فریاد کر رہے ہیں۔۔۔

مگر اُن کی آواز ابھی بھی منزل مقصود تک نہیں پہنچی ہے

***

۔۔۔۔۔اور

تماشا یہ ہوا تھا کہ چڑیوں نے گھونسلے میں انڈا دینا بند کر دیا تھا۔ اب ہم دن بھر ادھر اُدھر جھک مارا کرتے تھے مگر کچھ بھی ہاتھ نہیں لگتا تھا۔

شام ہونے کو تھی۔ میرے دوست نے کہا۔

"چلو، یہی ایک پیڑ بچا ہے۔ اس پر بے شمار گھونسلے ہیں۔ شاید کسی ایک میں انڈا مل

جائے۔"

میں انڈا پانے کے جنون میں اس پیڑ پر بھی چڑھ گیا۔مجھے انڈے کی ضرورت تھی۔ مولوی صاحب نے کہا تھا کہ انڈے سے جو تعویذ لکھا جائے گا،وہ معشوق پر با اثر ہو گا۔میں عشق کے مندر میں حسن کی دیوی پر پرساد چڑھانے کے لئے کچھ بھی کر جاؤں گا۔یہی سوچ کر ہفتے بھر سے ادھر اُدھر کی خاک چھان رہا تھا۔تھک ہار سا گیا تھا اور منھ ہی منھ میں بُدبُدا رہا تھا۔

"مجھے ایسے معشوق کی ضرورت نہیں ہے جس کے لئے اندھے کنواں میں کودنا پڑے۔"

اسی دوران میرا پیر پھسلا اور میں دیکھتے ہی دیکھتے پیڑ سے نیچے گر پڑا۔۔۔۔۔۔۔۔۔۔

اب اسپتال کے ایک بیڈ پر پڑا ہوں۔لوگ مجھے دیکھنے کے لئے آرہے ہیں۔ارے یہ کیا ان میں میرا معشوق بھی شامل ہے۔

"ہائے،ہائے۔"

میں چلایا مگر معشوق نے دھیرے سے کہا۔

"انڈے سے لکھا ہوا تعویذ پہننے سے محبت نہیں ہوتی ہے،محبت حوصلے سے ہوتی ہے۔"

اتنا کہہ کر وہ مسکرایا اور چلا گیا اور ساتھ ہی انڈا پانے کا بھوت بھی میرے سر سے اُتر گیا۔

***

اندھیرا

اندھیرے گھر میں ایک دیا جل رہا تھا۔ ایک بڑھیا اُس کی روشنی میں کھانس رہی تھی اور سوچ رہی تھی۔

ہائے رے میرے بچے کہاں کہاں تُم چلے گئے۔ تمہیں اب فکر بھی نہیں رہا کہ تمہاری ایک ماں بھی ہے۔ ہائے رے تقدیر تو مجھے کہاں لے کر چلی آئی۔۔۔۔۔۔۔۔۔

بڑھیا کی کھانسی تیز ہو گئی اور اُس کھانسی کی پھونک سے ہی دیا بجھ گیا۔

اور پھر۔۔۔۔۔۔۔۔۔۔

چاروں طرف گھنگھور اندھیرا چھا گیا۔

***

پردیسی

اور۔۔۔۔۔۔۔۔۔۔۔

چڑیا اپنے بچوں کو چارہ کھلا کر پھُر سے اُڑ گئی۔

وہ اس منظر کو دیکھ کر لرز اُٹھا۔

"ماں۔۔۔۔۔"

پردیس میں پندرہ سال سے پھنسے ہوئے کے دل سے آواز نکلی اور وہ وہیں بے ہوش ہو گیا۔

***

فریاد

ابھی ابھی اُس کی ابتدا ہوئی تھی۔ اُس نے اپنی آنکھیں کھولیں اور دیکھا۔ دنیا، اس دنیا میں ہلچل مچاتے ہوئے تماشے۔ مختلف طرح کے آدمی، طرح طرح کے کرداروں میں مصروف۔

"عجیب جگہ ہے۔ میں کہاں بھیجا گیا ہوں۔ مجھے یہاں نہیں رہنا ہے۔ اے خدا مجھے دوسری دنیا میں لے چل۔"

اُس کی فریاد سُن لی گئی اور پھر۔۔۔۔۔۔۔۔۔۔۔۔۔۔

جہاں وہ آیا تھا وہاں سے اب سسکیاں نمودار ہو رہی تھیں۔

***

میں ایک طوائف

بدن میں آگ لگی ہوئی تھی۔

"کمینہ آج بھی نہیں آیا۔"

میں اُس کا انتظار کرتے کرتے تھک سا گئی تھی۔ دوسرے گاہک مجھے رجھا رہے تھے۔ منھ مانگی قیمت دینے کے لئے تیار تھے۔ مگر میں راضی نہیں تھی کہ اُس نے کہا تھا۔

"میں تُم سے محبت کرتا ہوں، تمہارے بغیر میں جی نہیں سکتا۔ اب تو تُم ہی میری زندگی ہو۔"

میں بھی اُس کی باتوں میں آگئی تھی مگر یہ کیا۔۔۔۔۔۔۔ ہفتے گزر گئے۔ اُس کی کوئی خبر نہیں ہے۔

"لگتا ہے کمینہ مر گیا۔ ہے رے ہماری زندگی تو کیچڑ میں ہی رہے گی۔"

میں ہار پچھتا کر ایک دوسرے گاہک کے ساتھ چل پڑی۔

***

وہ

اُس کے پلکوں پہ آنسو کا ایک قطرہ آکر ٹھہر گیا تھا

اُس ننھے سے قطرے میں انگنت خواب تیر رہے تھے۔ وہ اُن خوابوں کی دہلیز پر کھڑی اپنی زنگی کے تانے بانے بُن رہی تھی۔

کبھی ہنس رہی تھی، کبھی جھوم رہی تھی، کبھی گا رہی تھی تو کبھی اپنی ذات میں ناچ رہی تھی۔ اگرچہ اُس کی زندگی اس حسین کائنات میں محورقص تھی۔

مگر اس دنیا میں آنے کا قرض اُسے چکانا ہی ہوگا۔

ایسا ہی ہوا۔۔۔۔۔۔۔۔۔

سر پے چھائے ہوئے سائے اچانک غائب ہوگئے۔ اعتماد کے جلتے چراغ گُل ہوگئے اور خواب کسی باغیچے میں منڈلاتی ہوئی تتلیوں کی طرح کہیں اور جا بسے۔

اب وہ تنہا اپنی زندگی کا گیت الاپ رہی تھی جس میں نہ کوئی سُر تھا اور نہ ہی کوئی ساز

بلکہ ایک گھٹن۔۔۔۔۔

"اوہ! میں کہاں آگئی ہوں۔"

اُس نے اپنے آپ سے کہا اور پلکوں پہ ٹھہرا ہوا آنسو کا ایک قطرہ گرا اور اُس کے ہی آنچل میں جذب ہو گیا۔

***

ریت کا گھر

ہم تمام سہیلیاں ریت کا گھر بنا رہی تھیں۔

امی ہمیں دیکھ کر مسکرا رہی تھی۔

"کیوں امی کیا ہوا۔"

میں نے پوچھا۔

"ارے پگلی میں بھی کبھی ریت پر اپنا گھر بناتی تھی، دیکھو نا وہ گھر آج تک نہیں بن سکا۔"

امی کی بات سُن کر ہم سب ہنسنے لگیں۔

"امی دیکھنا، ہمارا گھر ضرور بنے گا۔"

اور اب امی دیکھ رہی ہیں۔ کئی سال گذر گئے ہیں مگر ہمارا گھر ابھی تک ریت سے باہر نکلا ہی نہیں۔

***

گڑیا رانی کی خاموشی

میری گڑیا رانی کئی دنوں سے گُم سُم رہنے لگی تھی۔

میں نے پوچھا۔

"آخر بات کیا ہے! چہکنے والی میری بچی اچانک خاموش سا کیوں رہنے لگی۔ ارے کسی کی نظر لگ گئی ہے کیا اس پر! سنتی ہو گڑیا کی ماں، اس کی نظر اُتارو۔"

"کئی بار اُتار چکی ہوں جی مگر اس کی چپی نہیں جا رہی ہے۔"

میں اس خاموشی کو لے کر فکر مند ہو گیا تھا۔ اُس کی سہیلیوں سے بھی دریافت کی گئی مگر کہیں بھی کوئی ایسی بات نظر نہیں آئی جو اس خاموشی کا سبب بن سکے۔

دھیرے دھیرے ہم لوگ بھی اُس کی خاموشی کے عادی ہو گئے۔

پھر ایک دن۔۔۔۔۔۔۔۔۔۔۔۔۔۔۔۔۔۔۔۔۔۔۔۔۔۔

گڑیا رانی پنکھے سے جھول گئی۔

"ایسا کیوں کیا! کیوں!"

ہم سب بہت روئے، سر پٹکے اور آخر اُسے دفنا آئے۔ تب کسی کی آواز میری سماعت سے ٹکرائی تھی۔

"کیا کرتی بے چاری! اس کے عاشق نے کسی اور سے شادی رچالی اور یہ اندر سے ٹوٹ گئی۔ آج کل کے ماں باپ اپنے بچوں کو بچہ ہی سمجھتے ہیں۔ انہیں فکر بھی نہیں ہوتی کہ جوان بچوں کی شادی بھی کرنی ہوتی ہے۔"

یہ سنتے ہی میرے رونگٹے کھڑے ہو گئے اور پھر ایسا ہوا کہ گڑیا رانی کی خاموشی میرے اندر دُور تک پھیلتی گئی۔

٭٭٭

بہادر فوجی

وہ سب کے سب دنیا فتح کرنے نکلے تھے۔۔۔۔۔۔۔۔۔۔۔۔۔۔

وہ پوری دنیا کو ایک ہی رنگ میں رنگ دینا چاہتے تھے۔ جدھر بھی جاتے قہر برساتے اور اپنی فتح کا جھنڈا نسب کرتے چلے جاتے۔ یوں دن گزرتا رہا، مہینے اور سال بنتے رہے کہ اُن کی فوجیوں کی نصف ٹولی تھک ہار چکی تھی۔ وہ مزید آگے بڑھنا نہیں چاہتی تھی مگر دوسری ٹولی بضد تھی کہ۔۔۔۔۔۔۔۔۔۔۔۔۔

"ہماری زندگی کا مقصد صرف فتحیابی ہے۔ ہم ابھی تک میدان جنگ میں ہیں۔ اسی میدان میں ہمیں جینا بھی ہے اور مرنا بھی۔ ہم پیچھے پلٹ کر نہیں دیکھیں گے۔ چلو، آگے بڑھتے رہو۔"

مگر تساہلی کے گرداب میں پھنسی ٹولی نے آگے بڑھنے سے انکار کر دیا۔

"ٹھیک ہے ،اب ہم آپس میں ہی جنگ کریں گے اور جو بھی جیتے گا اُس کی بات تسلیم کی جائے گی۔"

اس فیصلے پر وہ راضی ہو گئے اور دیکھتے ہی دیکھتے فیصلہ کُن جنگ ہونے لگی۔

گردنیں کٹتی رہیں۔

لاشیں گرتی رہیں۔

اور۔۔۔۔۔۔۔۔۔۔۔۔ایک اک کر کے سب ختم ہوتے گئے۔ صرف آخری فوجی بچ گیا تھا جو اپنے گھٹنوں کے بل رینگ رہا تھا اور کہہ رہا تھا۔

"بے وقوفو! یہی جگہ ہم سب کی موت کے لئے مقرر تھی۔ سب کے سب مر گئے۔ نہ کوئی آگے بڑھا اور نہ ہی کوئی میدان چھوڑ کر پیچھے بھاگا۔ اب صرف میں ہی بچ گیا ہوں، تُم سب پر ماتم کرنے کے لئے۔"

وہ رینگتے، بولتے بہت دور نکل گیا، آگے کی طرف کہ میدان جنگ میں ایک بہادر فوجی کبھی پیچھے پلٹتا نہیں ہے۔

***

خالی الذہن آدمی

اُس کے ذہن میں کچھ بھی نہیں تھا۔۔۔۔۔۔۔۔۔

اُس نے مجھ سے ایسا ہی کہا تھا۔

یہ کیسے ہو گیا؟

ہم نے تو سمندر کو خشک ہوتے ہوئے نہیں دیکھا ہے۔ سورج کبھی بے نور نظر نہیں آیا ہے اور شب کی تاریکی میں فلک پر قمر کبھی اکیلا دکھائی نہیں دیا ہے۔

وہ جھوٹ بول رہے ہیں یا میرا امتحان لے رہا ہے۔

میں تو کچھ نہیں سمجھ پا رہا ہوں کہ۔۔۔۔۔۔۔۔۔۔۔۔۔

تنہا آدمی، آدمیوں کی بھیڑ میں، خاموش کیوں ہے؟

میں سوچ رہا ہوں اور میرے اندر کا آدمی چلا رہا ہے۔

پیچھے ہٹو کہ اس خاموش سمنر میں کوئی طوفان آنے ہی والا ہے۔

اور جیسے کہ میں ڈر گیا۔۔۔۔۔۔

میں خود بخود پیچھے ہٹتا چلا گیا۔

***

ایک عاشق کی ڈائری

میں نے اپنے خوابوں کی وادیوں میں تمہیں رقص کرتے ہوئے دیکھا ہے۔ تمہاری پازیب کی جھنکار کی آواز سے میرے کان اب بھی بج رہے ہیں۔ تمہارے گیتوں کی الاپ سے میرا دل اب بھی مچل رہا ہے۔۔۔۔۔

ہاں، تمہاری آنکھیں ایسا لگتا ہے مجھے بلا رہی ہیں۔

مگر تم کہاں ہو!

تمہیں میں کہاں ڈھونڈھوں!۔۔۔۔۔

آسمانوں میں جہاں تارے میرے پاگل پن پر مسکرا رہے ہیں۔ سمندر کی گہرائیوں میں جہاں محبت کا دیا روشن ہوتے ہوتے ابھی بجھا ہے یا زمین کے پاتال میں جہاں زندگی کی سانسیں اکھڑ جاتی ہیں۔

اگر یہاں نہیں تو پھر کہاں!

میں اپنے خوابوں میں ہی تمہیں پکارتا ہوں۔ تمہیں آواز دیتا ہوں مگر تم میرے خوابوں میں پنچھی بن کر پھُر سے کہیں ہر بار اُڑ جاتی ہو۔

پھر بھی میں اپنی آنکھیں کھولنا نہیں چاہتا ہوں۔ اس دلفریب خوابوں کی وادیوں سے باہر نکلنا نہیں چاہتا ہوں۔۔۔۔۔۔

مگر۔۔۔۔۔۔

وقت مجھے جگا ہی دیتا ہے اور میں جلدی جلدی اپنے کاموں سے نبٹ کر اپنے آفس کے لئے نکل جاتا ہوں۔

***

دوسری مرغی

میری مرغی انڈا دے چکی تھی۔۔۔۔۔۔۔

میرا بیٹا بھی اُس انڈے کو دربے سے باہر نکال چکا تھا۔ اب وہ اپنی ماں سے آملیٹ بنوا کر کھائے گا۔ مرغی روزانہ کی طرح آج بھی اُسے غصے سے دیکھتی رہی اور کُڑ کُر کرتی رہی۔ گویا وہ کہہ رہی ہو۔

"ارے آدم ذات کی اولا، روزانہ میرے انڈے کیوں کھا جاتے ہو! کیا میں کبھی ماں نہیں بنوں گی۔ میرے بچے نہیں ہونگے۔ میں کبھی بھی انہیں پیار نہیں کرونگی۔ ذرا مجھ پر ترس کھا اور میرے انڈوں کو چھوڑ دے۔"

پھر وہ اُسے کاٹنے کے لئے دوڑی۔ جب تک کہ میں اُس کے قریب پہنچتا، وہ اُسے کاٹ چکی تھی۔ میرا بچہ زور زور سے رونے لگا تھا۔ میں نے کہا۔

"گھبر امت بیٹا آج اسے ہم ذبح ہی کر دیں گے۔"

یہ سنتے ہی میرا بیٹا خوش ہو گیا اور کہا۔

"ہاں پاپا! یہ مرغی بہت ہی بدمعاش ہے۔"

میں بھی نہ سوچا نہ سمجھا، جھٹ وضو کیا اور مرغی کو حلال کر دیا۔

اب بچہ اور زور زور سے رونے لگا۔

"اب کیا ہوا!"

"پاپا، اب انڈا کون دے گا!"

یہ سنتے ہی میں بھی سٹپٹا سا گیا۔ پھر بچے کو سینے سے لگایا اور کہا۔

"اب ہم دوسری مرغی لائیں گے جو روز انڈا دے گی۔"

پھر ایسا ہی ہوا۔ دوسری مرغی لائی گئی مگر یہ کیا وہ روز اپنے ہی انڈوں کو پی جاتی ہے۔

***

آگ

دھواں اُٹھ رہا تھا۔۔۔۔۔۔

کہیں آگ لگی ہی ہوگی۔ ہم سب اُس آگ کی تلاش میں نکل پڑے تھے۔ دور دور تک ہماری نظروں نے دیکھا۔

کہیں کچھ بھی ایسا نہیں تھا، پھر یہ دھواں!

ہم سب نے خاموشی سے ہی ایک دوسرے کی آنکھوں ہی آنکھوں میں سوال کیے۔ پھر سب کی نظریں اچانک جھک گئیں۔

"ارے یہ کیا! آگ ہم سب کے اندر لگی ہوئی ہے۔ ہم سب ہی اُس آگ میں جل رہے ہیں اور اسی آگ کی تلاش میں ہم لوگ بھٹک رہے ہیں۔ بے وقوفو، چلو اس آگ کو ابھی بجھاؤ۔"

آگ بجھانے کی پہل کرنے سے قبل وہ لہک چکی تھی۔ اب ہم سب اُس میں جل رہے تھے اور خاک ہو رہے تھے مگر تماشائی دور کھڑے اس منظر کو دیکھ رہے تھے اور

مُسکرا رہے تھے۔

***

زندگی

کمزور اور نہتے بزدل ہی تو ہوتے ہیں۔ انہیں صرف مرنا آتا ہے کہ وہ اس کٹھور دنیا میں مار دیئے جاتے ہیں۔ اُنہیں کوئی حق نہیں کہ وہ یہاں سرور و انبساط بھری زندگی گزاریں۔ اُن پر دُکھوں کا پہاڑ ٹوٹا ہوا رہتا ہے۔

مگر یہ کیا وہ پھر بھی مُسکراتے ہیں!

ایسا کیوں!

اُن میں سے کسی ایک سے پوچھا گیا۔

"ہم صرف اور صرف جینا جانتے ہیں۔ زندگی کی گتھیوں کو سلجھانا نہیں۔ مسائل ہمارے اطراف میں ہوتے ہیں، ہم مسئلوں میں نہیں۔"

اُس نے بہت ہی اطمینان سے جواب دیا اور سارے لوگ حیرت میں پڑ گئے کہ دور سے زندگی سمجھی نہیں جاتی ہے۔

***

ہذیان

کچھ ایسا ہوا تھا۔۔۔۔۔۔۔۔۔۔۔

رات کی تاریکی میں اُڑنے والا پرندہ اب دن کے اُجالے میں اپنا شکار کر رہا تھا۔

"یہ کچھ عجیب سالگ رہا ہے۔"

ایک آواز۔

"یہ خدا کا کرشمہ ہے۔"

دوسری آواز۔

"اب قیامت نزدیک ہے، یہی اس کی علامت ہے۔"

تیسری آواز۔

واقعی سب کچھ اُلٹ پھیر ہو رہا تھا۔ رات میں چڑیائیں چہچہا رہی تھیں۔ کوئل گیت الاپ رہا تھا اور دور سے کوؤں کی آوازیں نمودار ہو رہی تھیں۔ صرف یہی نہیں ستاروں کے درمیان سورج بھی نظر آ رہا تھا۔

"کیا اب دن نہیں ہوگا!"

کسی نے پوچھا اور وہ جھنجھلا اُٹھا، بستر پر اُٹھ کر بیٹھ گیا اور اپنی بیوی پر برس پڑا۔

"کتنی بار کہا ہوں کہ میرا بستر اس جگہ مت لگایا کرو۔ یہ جگہ اچھی نہیں ہے۔ یہاں سونے سے مجھے اول فول خواب نظر آتے ہیں۔"

اور وہ اب اپنا بستر اُس جگہ سے دوسری جگہ لگا رہا تھا۔

***

جیسے کو تیسا

"میں نے سوچا کہ آپ کچھ کہنے ہی والے ہیں۔"

اُس نے اس بار بھی جواب نہیں دیا۔

"کیا آپ کو میری باتوں میں کوئی بھی دلچسپی نہیں ہے۔!"

اُس نے پھر پوچھا اور وہ اس بار مُسکرایا اور آہستگی سے کہا۔

"میں سوچ رہا ہوں کہ میری بیوی کہیں ہمارے بارے میں جان نہ لے پھر کیا ہو گا!"

"ارے اتنی سی بات کے لئے خاموش ہو، کیا تمہیں نہیں معلوم کہ تمہاری بیوی بھی اسی وقت روز یہاں آیا کرتی ہے۔"

یہ سنتے ہی وہ چونک گیا۔

"گھبرانے کی ضرورت نہیں ہے وہ رہی تمہاری محترمہ اپنے عاشق کی بانہوں میں۔"

وہ بُت بنا دیکھتا ہی رہ گیا کہ تالی دونوں ہاتھ سے ہی بجتی ہے۔

***

پتھر کی دنیا میں

میں تمہیں خوابوں کی ایک ایسی بستی میں لے جاؤں گا جہاں تُم اپنے خواب چھوڑنے پر مجبور ہو جاؤ گے۔ ہاں! وہ خواب جو تمہیں جینے کی طرف مائل کرتے ہیں اور جن سے تُم موت کے تصور سے بھی گھبراتے ہو۔

کیا تُم تیار ہو!

اُس بستی کے لوگ مسکراتے نہیں ہیں، آنسو بہاتے نہیں ہیں اور کسی کا غم بھی مناتے نہیں ہیں۔ وہ تو بُت بنے صرف دیکھتے رہتے ہیں۔

وہ لکھتے لکھتے تھم گیا۔

"یہ کیا لکھ رہے ہو! کیوں لکھ رہے ہو!"

اُس نے اپنے آپ سے سوال کیا۔

"پتھر کی دنیا میں رہنے والے لوگ، پتھروں کے بارے میں ہی بات کریں گے۔ وہ کیا سمجھیں گے کہ زندگی کتنی بلندیوں پہ پرواز کرتی ہے اور پرواز کرتے کرتے جب تھک جاتی ہے تو کیسے بلندیوں سے زمین پر آ گرتی ہے۔"

جواب اُس کے اندر سے ہی نکلا اور وہ مسکرا پڑا کہ وہ بھی دھیرے دھیرے پتھر میں تبدیل ہوتا جا رہا ہے۔

***

سفید پوش

اُس نے کہا۔

"تُم اپنی نماز پڑھ لو۔"

میں نے کہا۔

"میری نماز ہو چکی ہے۔"

اُس نے کہا۔

"جیتے جی تُم مر چکے ہو، اب زندگی سے کیا رشتہ جوڑے ہوئے ہو۔"

میں نے کہا۔

"یہ سب بیکار کی باتیں ہیں۔ان من گھڑت فلسفوں کا کوئی حقیقت نہیں ہے۔زندگی ہے تو سب کچھ ہے ورنہ کچھ بھی نہیں ہے۔"

یہ سُن کر وہ مسکرایااور کہا۔

"جاؤتُم کواب کوئی زیر نہیں کر سکتا ہے کہ تُم زندگی کے راز کو پا چکے ہو۔"

میں اُس کے دربار سے اُٹھااور باہر کی دنیامیں چلا آیاجہاں اب انسان کئی رنگوں میں نظر آرہا تھا۔میں نے خود کو بھی آئینہ میں دیکھااور ہمیشہ کے لئے چُپ ہو گیا کہ میں اب میں تھاہی نہیں بلکہ سفید پوشوں کی صف میں شامل تھا،ہر غم وفکر سے بے نیاز۔!

***

بے بس لوگ

ہم سب ایک ایسے پتھر پر لکھ چکے تھے جس کے متعلق مشہور ہو چکا تھا کہ وہ عنقریب آسمان پر لے جایا جائے گا۔

ہم سب اب انتظار کر رہے تھے۔

وقت ہماری مٹھیوں سے نکلتا جارہا تھا۔

ہماری تعداد بھی گھٹتی جارہی تھی۔

مگر وہ پتھر!

جاہلوں کی ایک ٹولی وہیں بیٹھے تماشا دیکھ رہی تھی اور اُس میں شامل کوئی کہہ رہا ہے۔

"یہ پتھر اپنی جگہ سے ٹس سے مس نہیں ہونے والا ہے۔برسوں سے یہ یہیں تھااور

برسوں تک یہ یہیں رہے گا۔ بھلا ایسا بھی ہوتا ہے کہ پتھر لینے کے لئے کوئی آسمان سے نیچے آئے۔ بے وقوفو، اب بھی اپنے اپنے گھر جاؤ"

ہم سب سُن رہے تھے مگر ہمارے اندر اُٹھنے کی طاقت تھی ہی نہیں بلکہ ہم سب بے بسی میں ایک دوسرے کو ہی دیکھ رہے تھے اور اپنے آپ پر چپکے چپکے آنسو بہا رہے تھے۔

***

کہانی سننے والا

بچے کو ضد ہے کہ وہ پریوں کی کہانی سنے گا مگر دادی ماں اسے سکنزر کی کہانی سنا رہی تھی۔ پہلے اس نے سمجھا کہ دادی اس کی کہانی سنا رہی ہے مگر جیسے ہی احساس ہوا کہ وہ کہانی کسی اور کی ہے، وہ زور زور سے رونے لگا اور روتے روتے اپنی ماں کے پاس پہنچ گیا۔

"ماں، دادی میری کہانی نہیں سنا رہی ہیں۔"

"ارے میرے بچے، آؤ میں تمہیں تمہاری کہانی سنا دے رہی ہوں۔"

اور پھر اس کی ماں نے کہا۔

بہت پہلے پریوں کا ایک دیس تھا۔۔۔۔۔۔۔۔۔۔۔۔۔۔۔۔۔۔۔۔۔۔۔

بچہ کہانی ختم ہونے سے پہلے ہی سو گیا تھا۔

***

کشبان

وہ تاریکی ہی میں گم تھا حقیقتاً تاریکی اسے تخلیقیت کے مرحلے سے گزار رہی تھی۔

مگر کب تک۔۔۔۔۔۔۔۔۔۔۔۔۔۔

ہیرا کوئلے میں تیار ہو چکا تھا۔

اب وہ تاریکی کا جز نہیں رہا۔

روشنی کی طرف اسے آنا ہوگا۔

پھر ایک حادثہ ہوا۔۔۔۔۔۔۔۔۔۔۔۔۔

ظلمت کدے میں آگ لگی اور اس کی آنکھیں چوندھیا گئیں۔ وہ ادھر اُدھر بھاگنے لگا اور بھاگتے بھاگتے آئینہ کے روبرو ہو گیا...۔۔۔۔۔۔۔

حور سے بھی زیادہ خوبصورت ایک عکس نمودار ہوا۔

اور وہ اس پر فدا ہو گیا۔

یہ سلسلہ یونہی چلتا رہا۔۔۔۔۔۔۔۔۔۔۔۔۔۔۔خود، خودی میں ڈوبتا ابھرتا رہا۔

کیا یہی زندگی ہے!

اس کے ذہن میں یہ سوچ جیسے ہی پیدا ہوئی۔

پھر یوں ہوا۔۔۔۔۔۔۔۔۔۔۔۔۔۔۔۔۔۔۔۔۔۔۔۔۔۔۔۔۔۔

اس کا رشتہ اپنے آپ سے ٹوٹا اور۔۔۔۔۔۔۔۔۔۔۔۔ وہ حقیقی دنیا میں آموجود ہوا۔

" یہ کیسی جگہ ہے خدایا! یہاں تو ہر ایک شخص کے ہاتھوں میں ایک پرچم بلند ہے۔ سب اپنے اپنے پرچم کے گیت الاپ رہے ہیں۔ انہیں کون بتلائے گا کس کا پرچم کتنا بلند ہے۔"

ایک آواز آئی۔

"آج سے تم بھی ایک پرچم لے کر ان کے درمیان کھڑے ہو جاؤ۔"

یہ آواز اس کی اپنی ذات ہی سے ابھری تھی اور وہ بھی دیکھتے ہی دیکھتے ایک پرچم لئے اسی میدان میں آ کھڑا ہوا جہاں سب کی نگاہیں آسمان پر ٹکی ہوئی تھیں۔

***

سرگوشی

اُس کی سانسوں کی سرگوشی سنائی دے رہی تھی.........

رات جیسے گلاب کی طرح شبنم کی بارش میں تر و تازہ ہوتی جا رہی تھی۔ دور آسمان میں ننھے منے تارے ایسا لگ رہا تھا جیسے مسکرا رہے تھے۔ ہوا کی موسیقیت سماعت کے پردے میں مسلسل ارتعاش پیدا کر رہی تھی۔ ہر طرف خوشنما خوشنما روشنی پھیلتی ہوئی نظر آ رہی تھی۔ حقیقتاً اس کا مزاج ہی خوشیوں کے گلدستے سے خود کو ہم آہنگ کر لیا تھا جس کی وجہ سے کرشماتی طور پر کرب انگیز ماحول اس کے دل میں عفریت پیدا کرنے کی بجائے وجد آفریں کیفیت سے اسے دوچار کر دیا تھا۔ ابھی کل ہی کی بات ہے۔ اسی علاقے میں ایک شریف انسان کو کاٹ کر سڑک پر پھینک دیا گیا تھا۔ اسی کے خون سے وہاں لکھا ہوا تھا...

انقلاب زندہ باد۔

اس خبر نے پورے گاؤں میں خوف و ہراس کا ماحول پیدا کر دیا۔ لوگ ایک دوسرے کو شک کی نگاہ سے دیکھ رہے تھے۔ معلوم نہیں کون اس تحریک کا حصہ

ہے۔کون اس بربریت کا ذمہ دار ہے۔وہ سب ایک دوسرے سے سرگوشی بھی کر رہے تھے۔

"ہمارے درمیان میں ہی وہ بھیڑیا چھپا ہوا ہے۔کیا ہم اس کی پہچان کر سکتے ہیں؟"

"بھائی یہاں تو ہم لوگ سب کو جانتے ہیں۔محنت مزدوری کرنے والے اُن ہاتھوں کو بھی جنہوں نے کبھی کوئی خواب بنا ہی نہیں۔اُن آنکھوں کو بھی جن میں سپنوں نے بسیرا بنایا نہیں۔اُن کند ذہنوں کو بھی جہاں مستقبل نام کا کوئی پرندہ اپنا پر پھڑپھڑاتا تک نہیں پھر یہ کیسے ممکن ہے کہ وہ ہم میں سے ہی کوئی ایک ہے۔!"

"یہ ممکن ہے کہ اب خواب ہمارے یہاں بھی پلنے لگے ہیں۔"

طرح طرح کی باتیں ہو رہی تھیں مگر قاتل کا کوئی سراغ اور دنوں کی طرح اس بار بھی نہیں مل رہا تھا۔

"معلوم نہیں کون کب اس کے ہاتھوں شکار ہو جائے۔پولس بھی آتی ہے تو بھولے بھالے لوگوں کو ہی لے کر چلی جاتی ہے۔انہیں جیل میں لے جا کر بے قصور مارتی ہے۔ان پر ظلم و تشدد کرتی ہے اور وہ بے چارے۔۔

***

تماشہ

ہاں، یہ سچ ہے کہ۔۔۔۔۔

آج کے انسان کے پاس کچھ بھی نہیں ہے

وہ ہاتھ اُٹھائے پرکھوں کے نظریوں کی بھیک مانگ رہا ہے۔ہزاروں سالوں میں یہ

پہلا اتفاق ہے کہ آدمی کھوکھلا ہو چکا ہے۔ کھوکھلے نعرے بلند کر رہا ہے اور کھوکھلے نظریوں کے لئے اپنی جان دینے پر تلا ہوا ہے۔ کیا اس صدی میں ان ننگوں اور بھوکوں کے لئے کوئی آگے آنے والا نہیں ہے، کوئی انہیں یہ بتانے والا نہیں ہے کہ تم اور تمہاری ذات سب سے زیادہ مقدس ہے-----------

یہ ممکن نہیں ہے--------

جب ہابل نے قابل کو قتل کیا تھا، یہی اشارہ دیا تھا کہ یہ سلسلہ یوں ہی چلتا رہے گا۔ بس ایک بہانہ چاہئے ایک دوسرے کو قتل کرنے کا--------------لو قتل کرتے رہو، زمین کو اپنے بھائی کے خون سے رنگتے رہو اور خوش ہوتے رہو کہ تم فاتح ہو۔ کیا تمہیں نہیں معلوم کہ یہ زمین تمہیں نگلنے کے لئے بے قرار رہتی ہے۔ کیا تم نہیں جانتے ہو کہ یہ آسمان تمہیں مٹانے کے لئے ہمیشہ بضد رہتا ہے۔ نہیں! تمہیں کچھ بھی نہیں معلوم، تم تو دنیا کے چکر میں اندھے ہو گئے ہو اور تم اندھے ہی ایک دن مر جاؤ گے-------------

اس کے بعد کیا ہو گا! تم قہقہہ لگاتے ہو کہ اس کے بعد قصہ تمام ہو جائے گا!--------------------

وہ خواہ مخواہ چلاتا رہا۔

راہ گیر اسے پاگل سمجھ کر مسکراتے اور آگے بڑھ جاتے۔

"اس دنیا میں یہ تماشا بھی روز ہوتا رہتا ہے"

میں بھی بُدبُداتا رہا اور آگے بڑھتا رہا۔

***

شر

"چلو اندھیرے میں ہم سب سما جائیں۔ یہاں بس اُجالے کا ہی کھیل ہے۔ بہتر ہے کہ ہم سب اس اُجالے سے نجات پالیں۔"

"ہاں چلو، اندھیرے کے سمندر میں ہم سب کود پڑیں، اُجالا شر کو جنم دیتا ہے اور ہم سب شر سے ہی تو پناہ مانگ رہے ہیں۔"

پھر وہ قافلہ چل پڑا اندھیرے کی تلاش میں۔ چلتا رہا، آگے بڑھتا رہا یوں چلتے چلتے وہ سب تھکنے لگے۔

"اب کیا ہو گا!"

ایک نوجوان نے پوچھا۔

"فضول ہے، بکواس ہے! اس کائنات میں کوئی بھی ایسا گوشہ نہیں ہے جو تاریکی میں دفن ہو۔ ہر طرف روشنی ہی روشنی ہے۔"

ایک بوڑھے نے کہا اور نوجوان نے جواب دیا۔

"اسکا مطلب یہ ہوا کہ شر کی کوکھ سے ہی کائنات کی بقا ہے۔!"

اسکی باتوں پر وہ قافلہ بالکل ہی خاموش ہو گیا اور پھر دیکھتے ہی دیکھتے منتشر ہو گیا۔

***

ایک گمنام راستہ

ہم سب لوٹ کر آرہے تھے

کہاں سے لوٹ کر آرہے تھے یہ خبر ہمیں نہیں تھی مگر ہم سب تھک چکے تھے تبھی کسی نے کہا تھا چلو لوٹ چلیں اپنے اپنے گھروں کی طرف۔۔۔۔۔۔۔۔۔۔۔۔۔۔پھر کیا تھا سب کے چہروں پر مسکان کی لکیریں کھینچ آئیں اور سب دیکھتے ہی دیکھتے واپسی کے لئے تیار ہو گئے تھے۔

ہم سب لوٹ رہے تھے، اسی راتے سے جس راستے پے ہم نے سفر کیا تھا مگر یہ کیا۔

یہ راستہ تو بدل سا گیا ہے۔!

ایک نوجوان نے حیرتی نگاہوں سے پوچھا۔

"کچھ نہیں بدلا ہے، تمہارے سوچنے کا انداز بدل گیا ہے، تمہارے ذہن میں تبدیلی رونما ہو گئی ہے، اسلئے پُرانی چیزیں بھی تمہیں نئی معلوم پڑ رہی ہیں۔"

ایک بوڑھے نے اس کے کندھے کو تھپتھپاتے ہوئے کہا اور وہ سوچ میں پڑ گیا۔

"یہ کیسے ممکن ہے۔!"

وہ سوچتا رہا اور قافلے کے ساتھ آگے بڑھتا رہا۔

"کیا یہ سب بوڑھے سٹھیا گئے ہیں، انہیں اندازہ نہیں ہو رہا ہے کہ یہ راستہ بدل گیا ہے۔"

اسی سوچ میں غرق ہو کر اس کا بھی سفر اس قافلے کے ساتھ ساتھ واپسی کی طرف ہوتا رہا۔۔۔۔۔۔۔۔۔۔۔

پھر یوں ہوا۔۔۔۔۔۔

وہ چلتے رہے۔۔وہ مسلسل پیچھے کی طرف بڑھتے رہے۔

مگر۔۔۔۔۔۔۔۔۔یہ کیا صدیاں بیت گئیں۔وہ ابھی تک اپنے اپنے گھروں کی

طرف لوٹ نہیں پائے ہیں جبکہ ان کے گھر والے کہتے ہیں کہ انہیں اسی راستے نے نگل لیا ہے جس پر وہ چل رہے تھے۔

***

بھگوان دیکھتا ہے

جس گناہ کی لذت سے بچنے کے لئے وہ سادھو بنا اب وہی اسے گھیرے ہوئے تھی۔

"مجھے گناہ کر لینا چاہئے، پتا نہیں اسی میں مکتی ہو۔"

اُس نے اپنے آپ سے کہا اور گہرے دھیان میں ڈوبنے لگا۔------------

"اے ایشور، گواہ رہنا گناہ ہم انسانوں کی تخلیق نہیں ہے۔ اس کی آگ ہمارے من کو جھلسا رہی ہے، ہمیں دعوت دے رہی ہے کہ ہم اس سے آشنا ہو جائیں۔ اے ایشور چالس سال کی محنت کے عوض گناہ کرنے کے لئے میرے پاس ایک دیوی بھیج دے۔"

ایشور نے سب سنا اور دیکھتے ہی دیکھتے ایک حسین و جمیل دیوی اس کے روبرو لا کھڑا کر دیا۔ دیوی اسے دیکھ کر مسکرائی۔

"میں تمہاری تپسیا ہوں، مجھ سے جو چاہو کام لے سکتے ہو۔"

"دیوی میں گناہ کرنا چاہتا ہوں۔"

"میں تمہاری تپسیا ہوں، تم مجھ سے گناہ نہیں کر سکتے۔ تمہیں کسی انجانے جنس لطیف کے ساتھ یہ کرنا ہوگا۔"

"تم میرے لئے ایسا ہی کچھ کرو۔"

دیوی نے فوراً جواب دیا۔

"راجہ کی بیٹی آج باغیچے میں اکیلے ٹہل رہی ہے، جاؤ اسے اپنی بانہوں میں جکڑ لو اور گناہ کی لذت سے آشنا ہو جاؤ۔"

سادھو دوڑتے دوڑتے باغیچے میں جا پہنچا۔ واقعی وہاں ایک خوبصورت اور جوان لڑکی ٹہل رہی تھی۔ وہ گناہ کرنے پر آمادہ ہو گیا اور اندھا ہو گیا۔

------------ پھر اس کے سامنے اندھیرا چھا گیا۔

بھرے دربار میں رسیوں میں جکڑ کر اسے قیدی بنا کر لایا گیا۔ بادشاہ کا چہرہ غضبناک ہو رہا تھا۔ اس نے اسے دیکھتے ہی اس کا سر قلم کرنے کا حکم دیا۔ اس حکم سے سادھو کے ہوش اڑ گئے۔ اس نے ایشور کو پکارا مگر وہ دیوی نمودار ہو گئی۔

"میں تمہاری تپسیا ہوں اور تم نے میرا دل توڑا ہے، اب اس کا خاموشی سے بھگتان بھرو۔"

تلوار اس کی گردن پر چلنے ہی والی تھی کہ وہ گہرے دھیان سے اُبال کھایا اور کہا۔

"اے ایشور، تو نے مجھے بچا لیا۔"

پھر وہ ایشور کے دھیان میں لگ گیا۔۔۔!!!

***

ایک کہانی تباہی کی

کہیں پر ہریالی تھی ہی نہیں

ہم سب دوسرے سیارے کی طرح اپنی ہی زمین پر اجنبی بنے ہوئے تھے۔

ایٹمی جنگ نہیں ہوئی تھی مگر ایٹمی تابکاری نے ہی پوری دنیا کو موت کی چپیٹ میں

لے چکی تھی

مگر ہم پھر بھی زندہ تھے

یہ خدا کا معجزہ تھا

ہم سب سوچ بھی رہے تھے کہ عنقریب ہم بھی موت کا نوالہ بن جائیں گے اور یہ دنیا ہمیشہ کیلئے انسانوں کو کھو دے گی

نہ کوئی اس کی کہانی لکھنے والا ہی ہو گا اور نہ ہی کوئی پڑھنے ہی والا ہو گا۔

مایوسی کے بادل گہرے ہوتے جا رہے تھے۔

لاشوں کی بدبو الگ پریشان کر رہی تھی۔

یہ حادثہ یوں ہوا تھا کہ ایک آوارہ آسمانی بڑا سا پتھر ہماری زمین سے ناگہانی آ ٹکرایا تھا

نہ اس کی کوئی خبر تھی اور نہ ہی کوئی پیشن گوئی

اس تباہی کے دن پوری دنیا کے ری ایکٹر خرد برد ہو گئے

اور۔۔۔۔۔۔۔۔۔۔۔۔۔۔۔ پھر انتظام یہاں تک آ پہنچا

میرے تمام دوست جو میرے ساتھ ساتھ تھے، وہ دم توڑ رہے تھے۔

اب میں بھی مر جاؤں گا

اے اللہ! اب اس دنیا میں پھر کوئی آدم و حوا نہیں بھیجنا۔ نہ عقل و شعور والی مخلوق پیدا کرنا۔ اسے ویران ہی رہنے دینا۔ اور انسانوں کی کہانی کو اس لوح محفوظ پر لکھ دینا جو غیر فانی ہی۔ تاکہ آئندہ کی مخلوق ہماری تاریخ کو کم از کم پڑھ تو سکے۔

میں اپنے آپ سے کہہ رہا تھا اور موت کا شکنجہ مجھے جکڑتا جا رہا تھا۔ میری سامنے اندھیرا چھانے لگا۔

تبھی ایک آواز سنائی دی

پاپا! اُٹھو، دیکھو کوئی آیا ہے

بچے کی آواز پر میری آنکھیں کھل گئیں۔ اُٹھا باہر کا دروازہ کھولا مگر وہاں تو کوئی نہیں تھا۔

نہیں پاپا کوئی آیا تھا۔

میں حیرت میں آیا اور بستر پر دوبارہ دراز ہو گیا۔

٭٭٭

رات کی دلہن

پھر رات ہو گئی

اس کے بچے فٹ پاتھ پر ہی سو گئے

وہ جاگتی رہی۔

بہت سے گاہک اب اس کے اطراف میں ڈیرا ڈال دیں گے مگر وہ ان ہی کے ساتھ جائے گی جو سب سے زیادہ اس کی بولی لگائے گا۔

مگر وہ اتنی خوبصورت نہیں ہے۔ کوئی صاحب کیوں اسے ہی پسند کرتا ہے اور اسے رات گزارنے کے لئے اپنے ساتھ لے کر چلا جاتا ہے۔ وہ تو کسی میم کی طرح نہیں ہے اور نہ ہی اس کے جسم سے پرفیوم کی خوشبو اُڑتی رہتی ہے۔ وہ میلی کچیلی--------

نہ نہانا

نہ کپڑے سلیقے سے پہننا

اور نہ ہی میک اپ کرنا ،اسے نصیب ہی نہیں ہوتا ہے۔ یہ الگ بات ہے کہ جو صاحب اپنے گھر لے جاتے ہیں اسے اپنی بیگم کی ساڑی پہنا دیتے ہیں۔اپنی بیگم کا سنگھار اس کے حوالے کر دیتے ہیں۔ وہ ان کے گھر خوب سجتی ہے،سنورتی ہے اور پھر---------------------

رات کا شکار ہو کر صبح سے پہلے اپنے فٹ پاتھ پر آکر بیٹھ جاتی ہے۔اسے تو یہ بھی نہیں معلوم کے اس کے بچے کس صاحب کے ہیں۔اس نے شادی بھی کی تو شوہر شرابی ،جواری اور چور اُچکا ہی ملا،اس کے ذریعہ ہی اس کے جسم کا سودا بھی ہونے لگا۔

"مگر وہ سالہ ایک دن بھاگ ہی گیا،کمینہ جو اپنا خیال نہیں رکھتا ہے وہ بیوی کیا رکھے گا،جو اپنی ماں بہن کا چہرہ ہی نہیں دیکھا ہے وہ بیوی کی عزت کا سودا نہیں کرے گا تو اور کیا کرے گا۔"

اس دن رات میں وہ کھڑے کھڑے بیتی باتوں کو سوچ رہی تھی۔کوئی بھی گاہک اب تک اس کے اطراف میں نہیں آیا تھا

"لگتا ہے !صاحب لوک کی عورتیں اب اپنے اپنے شوہروں کو پیار دینے لگی ہیں۔"

وہ بُدبُدائی۔

اسی دوران اس کی نگاہیں ایک سجی دھجی عورت پر جا پڑی۔

"ارے یہ تو فلاں صاحب کی بیوی ہے، تم یہاں کیا کر رہی ہو!"

"اب تمہارے ساتھ میں بھی کھڑی رہوں گی۔"

"کیا!"

وہ چلائی اور دھیرے سے فٹ پاتھ پر ہی سو گئی۔

***

کہانی ایک شہزادی کی

میری دادی نے کہا تھا۔

شہزادی کی ڈولی اٹھ چکی تھی۔ وہ اپنے سسرال جارہی تھی۔ راستے میں کہاروں کو پیاس لگی اور وہ پانی پینے کے لئے ایک جگہ ڈولی رکھ کر ایک پیڑ کی چھاؤں میں بیٹھ گئے۔

دھوپ کی شدت

توے کی طرح گرم زمین

اور جھلسا دینے والی ہوا نے انہیں وہیں رُک جانے پر مجبور کر دیا۔ وہ پانی پی کر وہیں ستانے لگے اور آپس میں باتیں بھی کرنے لگے۔

"کہا جاتا ہے کہ یہ شہزادی وزیر کے لڑکے پر اپنا دل دے چکی تھی، یہ اسی سے شادی بھی رچانے کے لئے تلی ہوئی تھی مگر بادشاہ کو اپنی بیٹی پر ذرا بھی رحم نہیں آیا۔ اس نے وزیر کے لڑکے کو قتل کرادیا اور جبراً اس بے چاری کی شادی اس ملک کے لڑکے سے کرادی جس کے بارے میں کہا جاتا ہے کہ وہ خالص عیاش ہے۔"

ایک نے کہا تو دوسرے نے بھی جواب دیا۔

"بڑے لوگوں کی بڑی باتیں، ان کے پاس دل نہیں دولت ہی ہوتا ہے اور وہ ہر شئے کو اسی ترازو میں تولتے ہیں۔"

"کیا یہ لڑکی خوش ہے۔"

"یہ تو وہی بتائے گی، چلو اس سے پوچھ ہی لیتے ہیں۔"

پھر وہ سب معلوم کرنے کے لئے ڈولی کے پاس گئے۔ اپنی باتیں دور سے ہی رکھے مگر کوئی بھی جواب نہیں ملا۔

"ارے یہ گونگی ہے کیا۔"

ایک نے برجستہ کہا۔

"دیکھو تو سہی کوئی ڈولی میں ہے بھی یا نہیں۔"

پھر ان سب نے ڈرتے ڈرتے ڈولی کا پردہ اُٹھا دیا۔

یہ تو خالی ہے، شہزادی بھاگ گئی۔ بھاگو اسے تلاش کرو ورنہ اب ہماری جان خطرے میں ہے۔ بے چارے وہ سب ڈر کے مارے ایک گھنے جنگل میں جا چھپے۔

کہا جاتا ہے کہ وہ سب کے سب جنگلی جانوروں کا خوراک بن گئے۔ انہیں معلوم ہی نہیں تھا کہ ڈولی راجہ کے گھر سے خالی ہی چلی تھی۔

شہزادی تو بھاگ گئی تھی۔

وہ بھی کسی نیچ ذات والے کے ساتھ۔

میری دادی کہانی کہتے کہتے سو چکی تھیں مجھے بھی گہری نیند آرہی تھی مگر ایک سوال بار بار سر اٹھا رہا تھا کہ وہ کہاں چلی گئی

میں اس سوال میں الجھا رہا۔

پھر اسی کیفیت میں سو گیا۔

میں شاید آج ہی نیند سے جاگا ہوں تیس سال بعد پھر وہ سوال میرے سامنے آکھڑا ہوا ہے

وہ کہاں گئی!

میں سوچ رہا ہوں

لکھ رہا ہوں

انگلیاں میری کی بورڈ پر متواتر چل رہی ہیں اور یہ خیال آ رہا ہے کہ وہ تو میری کہانی میں سما گئی ہے۔

ہاں! وہ میری کہانی کا حصہ بن گئی ہے

تیس سال بعد وہ کاغذ کی زینت بن چکی ہے۔اب وہ قارئین کے ذہنوں میں سفر کرے گی اور ہمیشہ زندہ رہے گی۔

***

اکتایا ہوا آدمی

"کچھ ہے

ہاں کہیں پر کچھ ایسا ہے جیسے ہم نہیں دیکھ رہے ہیں

ہم سب ہی چھوٹے ہوتے جا رہے ہیں

کوئی جراثیم ہمارے اندر ہم کو تباہ کر رہا ہے

ہم تباہ ہو رہے ہیں

یا تباہ ہو چکے ہیں

ہمیں ابھی بھی آگاہی نہیں ہے

بہتر ہے کہ ہم سب کسی دوسری دنیا کی طرف نکل جائیں۔ یہ دنیا فرسودہ ہو گئی ہے۔ اب یہاں انسانوں کو رہنا محال ہو گیا ہے۔ ترقی کے نام پر یہاں زندگی گھٹنے لگی ہے۔ اب یہاں کچھ بھی نہیں رہا

نہ خواب

نہ سوچ

اور نہ ہی خود زندگی

بہتر ہے، ہم جتنی جلدی ہو سکے کہیں اور نکل جائیں۔

مگر کیسے؟

آسمان بھی غضبناک ہونے ہونے کو ہے۔

ایک ہی مقام ہے

وہ زمین

چلو ہم سب اسی میں سما جائیں۔

پتا نہیں یہ زمین بھی رہے گی یا نہیں

ہم کہیں بھی محفوظ نہیں ہیں۔"

لکھتے لکھتے وہ خود سے کہا

"یہ کیا بکواس لکھتے رہتے ہو۔"

پھر اس نے اس کاغذ کو ٹکڑے ٹکڑے کر کے ہوا میں اچھال دیا۔

ٹکڑے ہوا میں تیرتے ہوئے نیچے گرتے رہے اور وہ مطمئن ہوتا رہا کہ اسے یقیناً لکھنا نہیں آتا ہے۔

"بے وقوف قلم ہاتھ میں رہنے سے کوئی قلمکار نہیں ہو جاتا ہے۔"

وہ بدبدایا اور قلم بھی ایک طرف پھینکتے ہوئے اُس حقیقت کی دنیا میں چھلانگ لگا دیا۔ جہاں سچائیاں نہ جانے کب کے قبروں میں دفن ہو چکی تھیں۔

***

سودائی

جنگ سرحد پر ہو رہی تھی

ہلچل اس کے اندر مچی ہوئی تھی۔

دشمن اپنے ناپاک ارادے میں کامیابی حاصل نہ کرنے پائے، وہ اپنے رب سے فریاد کر رہا تھا۔ وہ کوئی فوجی نہیں تھا لیکن وطن کی محبت میں دیوانہ۔ اس نے اس دیوانگی میں سب کچھ کھو کر بھی، اپنے آپ پر فخر محسوس کر رہا تھا۔

لوگ اسے پاگل کہتے تھے

لوگوں کا کہنا تھا

اس دیش ہی میں اپنوں نے اسے لوٹ لیا، اس کے گھر کو جلا دیا اس کے اپنوں کو برباد کر دیا۔

مگر وہ۔۔۔۔۔۔۔۔۔۔۔۔۔۔۔

کہتا تھا

مجھے بھائیوں نے اپنی ناسمجھی سے لوٹا ہے، میں انہیں سمجھا لوں گا مگر اس دشمن کو کون سمجھائے گا جو ہم سب کو تباہ کرنے پر تلا ہے۔ اسے ہم سب کو مل کر مار بھگانا ہو گا اس کے عزم کو تباہ کرنا ہو گا، یہی تو اپنا ایمان ہے اور یہی تو اپنا دھرم۔

مگر اس سودائی کی باتوں کو سنتا کون ہے۔ سب اپنے اپنے کاز میں مصروف ہیں اور سرحد پر چھڑی جنگ کی خبر کو چٹخارہ بنا کر پڑھتے ہیں اور پھر اخبار کسی کونے میں پھینک دیتے ہیں۔

***

کورا کاغذ

گھڑی میں چھ بج کر پچپن منٹ ہو رہے تھے

اسے انٹرنیٹ پر بیٹھے ہوئے 22/منٹ گزر چکے تھے۔ابھی تک وہ دوستوں کی تحریریں ہی دیکھ رہا تھا اور پڑھ بھی رہا تھا،اپنی کہانیوں پہ دوستوں کی رائے پر اپنی پسندیدگی کا اظہار بھی کر رہا تھا اور ساتھ میں سوچ رہا تھا کہ اسے آج بھی ایک افسانہ دوستوں کے لئے لکھنا ہے۔اس دوران عجیب عجیب خیالات اس کے ذہن کے دریچے سے ہو کر گذر رہے تھے۔بلیک ہال پر کچھ لکھا جاسکتا ہے،نیوکلیائی ری ایکٹروں پر بھی کہانی بنائی جاسکتی ہے،ایک ایسی مشین کے بارے میں بھی لکھا جاسکتا ہے جو تاریکی سے توانائی پیدا کرتی ہے،ایک ایسے آلہ سے متعلق بھی تحریر کیا جاسکتا ہے جو ہوا میں تحلیل ہوتی ہوئی انسانی توانائی کو برقی توانائی میں تبدیل کر سکتا ہے۔اگرچہ کہ خیالوں کا ہجوم امنڈ آیا تھا۔۔۔۔۔۔۔۔۔۔۔۔۔۔۔۔۔۔۔۔۔۔۔۔

وہ کیا کرے

اس کے پاس بہت ہی کم وقت ہے

اس کی بیوی نے سختی سے کہا ہے کہ ایک گھنٹہ سے زیادہ نیٹ پر گزارنا نہیں ہے۔گھر میں بچے اسے پریشان کرتے ہیں۔وہ کھانا بنا نہیں پاتی ہے۔اس کے لئے اسے جلدی گھر جانا ہی ہو گا۔

مگر اس کی آج کی کہانی

قاری کیا کہیں گے۔ کیسا کہانی کار ہے، آج ہمیں اپنی کہانی سے محروم کر دیا ہے۔ اسے لکھنا ہی ہو گا۔ کوئی کمتر افسانہ ہی اسے اپنے قارئین کی نذر کرنا ہی ہو گا۔

اس نے بہت سوچا مگر کوئی کہانی اسے چھو کر نہیں گذر رہی تھی۔

"ارے اب تو صرف 40/ منٹ ہی رہ گئے ہیں۔"

وہ اپنے آپ میں بدبدایا۔

اور پھر اسے احساس ہوا کہ وہ تو آج بالکل ہی کورے کاغذ کی طرح ہے۔

وہ کاغذ جس پر کوئی اور ہی لکھ سکتا ہے۔

خود وہ کاغذ نہیں۔

***

شعور

سوکھے پتے زمین پر پیروں تلے چرمرانے لگے۔

باغیچے میں وہ اور بھی لطف لینے کے لئے دوڑنے لگا۔ اچھل کود کرنے لگا۔

اس نے کبھی یہ نہیں سوچا کہ ایسا کیوں ہوتا ہے۔ پتے کیوں جھڑ جاتے ہیں! نئی پتیاں پھر کیوں ان کی جگہ لے لیتی ہیں!

وہ تو ایک بچہ ہے

فطرت سے کھیلنا ہی سیکھا ہے

سو وہ کھیل رہا ہے۔

اجاڑ درختوں کا ہجوم اسے دیکھ رہا ہے اور ان پر بیٹھے ہوئے پرندے سوچ رہے

ہیں۔

کاش! یہ بچہ اس موسم کے درد سے آشنا ہوتا تو کبھی بھی جھوم کر کھیلتا نہیں، چلاتا نہیں، گاتا نہیں۔ اسے کیا معلوم جہاں بہار ہوتا ہے وہیں خزاں بھی آموجود ہوتا ہے۔ ہر خوشی کے بعد غم رقص کرتا ہے۔

بچہ ابھی بھی کھیل ہی رہا تھا۔

جوانی کی دہلیز کو عبور کر چکا تھا۔

امتیاز کا شعور تو پیدائشی ہی ہوتا ہے۔

اسے کیا معلوم!

پتے کیوں جھڑتے ہیں،

پرندے کیوں شور مچاتے ہیں۔!

***

حقیقت

میرے پاس ایسا کچھ نہیں ہے جو ظاہر کر کے مجھے خوشی محسوس ہو۔ میری دنیا تو بہت پہلے ہی لٹ چکی ہے۔ میری زندگی اپنی نماز خود پڑھ چکی ہے۔ میں تو ایک سایہ ہی رہ گیا ہوں۔ یہ الگ بات ہے کہ تمہاری آنکھیں دھوکا کھا رہی ہیں۔ حقیقت یہ ہے کہ تم عکس دیکھنے کا عادی ہو اور وہی تمہارے لئے سچ ہے۔

ان بے فضول سچائیوں کے درمیان میں نہیں رہ سکتا۔

ہٹو مجھے جانے دو

ان صحراؤں کی طرف جہاں آوازیں بسیرا بنانا چاہتی ہیں ہیں۔ان خلاؤں کی جانب جہاں زندگی پہنچنے کے لئے بیتاب ہے۔ان ستاروں کی طرف جہاں حقیقتیں افشاں ہونے کے لئے تڑپ رہی ہیں۔

میں اب اسی جانب سفر کر رہا ہوں، کیا تم بھی میرے ساتھ چلو گے!

نوجوان کی حیرت انگیز باتیں سن کر بوڑھا ہنس پڑا۔

"ارے جاؤ، بڑی بڑی باتیں کرتے ہو، دوسروں پر جادو چلاتے ہو جبکہ تمہیں میں جانتا ہوں راستہ ابھی چلنے کا شعور ہی نہیں ہے۔"

بوڑھا یہ کہتے ہوئے زور سے ہنسا

اور وہ نوجوان۔۔۔

بدھ کی طرح پیڑ کے نیچے کھڑا حیرت واستعجاب کا مجسمہ بن کر رہ گیا۔

***

جب میری تمہیں تلاش ہو

کتنے بہانے ہیں

ارے یار یہ دنیا وہ نہیں رہی کہ مجھے تمہیں تلاش کرنے میں صدیاں لگ جائیں۔ تم بے فکر رہو، جب بھی میری ضرورت ہوگی میں تمہیں پاتال سے بھی ڈھونڈھ لاؤں گا۔

تم کہاں چھپو گے۔

آسمان میں!

وہاں میری ہی آنکھوں کا پہرہ ہے۔

زمین میں!

جہاں میری اجازت کے بغیر کوئی ہلچل تک نہیں ہوتا ہے۔

سمندر میں!

جو میری آنکھوں میں سمایا ہوا ہے۔

تم کہیں بھی چھپ نہیں سکتے ہو۔

ہاں جب تمہیں میری ضرورت محسوس ہو اپنی ہی ذات کی کائنات میں تلاش کرنا۔

مجھے یقین ہے اس کائنات کے کسی کونے میں سر جھکائے، کسی ببول کے پیڑ تلے میں تمہیں ضرور مل جاؤں گا۔

***

قیامت

پندرہ سو سال بھی گزرنے کو ہیں۔

سب ٹھیک ہے۔

قیامت کے انتظار میں انگنت نسلیں زمین میں دفن ہو گئیں مگر ابھی تک اس کی کوئی خبر نہیں ہے۔ میرے دادا کہتے تھے۔

قیامت بہت ہی قریب ہے۔

"قیامت آنے سے کیا ہو گا دادا جی"

"آسمان پھٹ جائے گا۔ زمین جل اٹھے گی۔ پہاڑ پھٹ کر ہوا میں اڑنے لگیں گے۔ ستارے آپس میں ٹکرا جائیں گے اور انسان روئے زمین سے ختم ہو جائے گا۔ کوئی بھی

زندہ نہیں بچے گا۔"

"پھر اللہ انسان کے اعمال کا حساب کرے گا۔ان کی نیکی و بدی کے مطابق انہیں جنت و جہنم میں ڈالے گا۔"

"پھر دادا جی، آج ہی قیامت کیوں نہیں ہو جاتی ہے۔"

میرے دادا مجھے عجیب نظروں سے دیکھے تھے۔پھر ایسا ہوا کہ ان پر قیامت آ گئی اور میں اس کے آنے کے انتظار میں اب تک دیکھ رہا ہوں۔۔۔۔۔۔۔۔۔۔۔۔

قسطوں میں آتی ہوئی قیامت

ملکوں ملکوں گشت لگاتی ہوئی قیامت

لمحہ بہ لمحہ انسانوں کو دھیرے دھیرے نگلتی ہوئی قیامت

مگر اس کے باوجود سب ٹھیک ہے

دنیا کے سامنے یہ روز مرہ کی باتیں ہو کر رہ گئی ہیں۔

اب کوئی نہیں ڈرتا ہے۔

کوئی بھی ڈر سے پوری کائنات بنانے والے کے سامنے اپنا سر خم نہیں کرتا ہے۔سب اپنی اپنی دنیا میں مگن ہیں۔اور ان کی دنیا کو قیامت دھیرے دھیرے نگلتے جا رہی ہے۔

ایک شور، ایک واویلا

قیامت آ رہی ہے

خواہ مخواہ ادھر اُدھر گشت لگا رہی ہے۔

***

کہانی کار

ایک ہزار ایک سو اگیارہ کہانیاں لکھنے کے بعد بھی اسے یقین نہیں ہوا کہ وہ ایک کہانی کار ہے۔ اس کی کہانیاں بازاروں میں بکتی ہیں۔ اس کے قاری اسے ڈھونڈھ ڈھونڈھ کر پڑھتے ہیں اور آخر میں کہتے ہیں کہ یہ اچھی کہانی نہیں ہے پھر دوسری کتاب کا انتظار کرتے ہیں۔

غیر یقینی کے عالم میں اس نے پندرہ بیس ناول بھی لکھ ڈالا۔

کہا جاتا ہے کہ دنیا بھر میں سب سے زیادہ اس کی کتابیں بکتی ہیں اور اسے خبر بھی نہیں ہے۔

اسی وسوسے میں اس نے پڑوسی ملکوں کے پبلشروں پر الزام عاید کر دیا کہ وہ اس کی تحریریں چوری چھپے چھاپ رہے ہیں۔

اس الزام پر پڑوسی ملک کے قلم کار چلا پڑے

"ہم تو چھپنے کے لئے بے قرار رہتے ہیں۔ کوئی بھی ہماری تحریریں چھاپ دے، ہم اس کا شکر گزار ہوتے ہیں۔ کیا تمہیں نہیں معلوم کہ ہمارے ملک میں اب بچہ بچہ کہانیاں لکھنے لگا ہے۔ ہمارے ملک میں عورتیں چولھا جلاتی ہیں اور کہانیاں بنتی ہیں۔ کیا تم اب بھی بے خبر ہو کہ ہمارے یہاں روزانہ بے شمار ناول لکھے جاتے ہیں اور پھر ندیوں میں بہا دئے جاتے ہیں، اگر تمہیں نہیں معلوم تو ایک بار اس دھرتی پر اپنا قدم رکھو تب تمہیں آگاہی ہوگی کہ یہاں کی زمین میں تخلیقیت کا فصل کتنی تیزی سے پنپتا ہے۔"

اس احتجاج پر وہ چپ ہو گیا مگر اپنی ضد پر اٹل رہا۔ اسے ثابت کرنے کے لئے پڑوسی ملک کے قلم کاروں کا رجھانے لگا کہ وہ اس کی خبریں اسے مہیا کرائیں تا کہ وہ ان پر

اب مقدمہ ٹھوک سکے۔

وہ اپنی چال چل رہا تھا

پڑوسی ملک کے قلم کار تخلیقیت کا سیلاب لا رہے تھے۔

وہ تماشا دیکھنا چاہتا تھا

پڑوسی ملک کے ادباء، شعراء اپنی دھن میں اپنی دنیا تیار کر رہے تھے۔ پھر یوں ہوا وہ دیکھتا ہی رہ گیا

قلم نے اس کا ساتھ چھوڑ دیا۔

اب وہ کہا جاتا ہے کہ دوسروں کی لکھی ہوئی کہانیوں پر تبصرہ دیتا ہے اور اسی میں خوش رہتا ہے۔

***

انگلیاں

اب محض انگلیاں ہی بولتی ہیں، تھرکتی ہیں، زبان تو خاموش ہو گئی ہے۔ کیا ایسا نہیں لگتا کہ کوئی خاموش انقلاب تمہارے دروازے پر دستک دے رہا ہے۔

"بھائی میرا تو گھر ہی نہیں ہے، پھر دروازے پر یہ دستک بے معنی ہے۔"

اچھا ایک کام کرو، کورے کاغذ کے ایک ٹکڑے پر اپنا گھر بناؤ۔ گھر کے سامنے دروازہ لگاؤ پھر سوچو کہ تم گر میں ہو اور دروازہ اندر سے بند ہے۔"

لو بھائی اب میں ایسا ہی کر رہا ہوں۔

'بہت اچھا، اب تمہیں ایک دستک کی آواز سنائی دے رہی ہے۔"

ہاں، بھائی میں سن رہا ہوں۔

"جلدی اٹھو، دروازہ کھلو اور دیکھو کون کھڑا ہے۔"

وہ تیزی سے اٹھا دروازہ کھولا اور چلا پڑا۔

یہاں تو صرف انگلیاں ہی انگلیاں ہیں۔

"بے وقوف، کاغذی گھر سے خود کو آزاد کرو، حقیقت کی دنیا میں آؤ، یہاں اب سب کچھ انہی انگلیوں کے حوالے کیا جا چکا ہے۔"

***

یقین اور تجربہ

تم سب اداسیوں کے سمندر کو عبور کرنے والے ہو

جتنا ہنسنا چاہتے ہو ہنس لو

جتنا گل کھلانا چاہتے ہو کھلا لو

مگر یاد رہے کہ وہ سمندر عنقریب تمہارے روبرو ہونے والا ہے۔

"پھر کیا ہو گا۔!"

تمہارا حوصلہ جواب دے دیگا۔ تمہارا یقین بھی ساتھ چھوڑ دے گا۔

"بھائی آپ ہمیشہ ایسی باتیں کیوں کرتے ہیں۔"

اس لئے کہ میں اس سمندر کو عبور کر چکا ہوں۔ دیکھو میرے یہاں اب کچھ بھی فضولیات نہیں ہے۔ نہ میں وقت کا غلام ہوں اور نہ ہی مستقبل کا۔ نہ مجھے حرص و طمع کی آگ میں جلنا پڑتا ہے اور نہ ہی نفرت کی کشتی میں سوار ہونا پڑتا ہے۔ میں تو اب اس

چیونٹی کی طرح جی رہا ہوں جو کبھی بھی کسی کے قدموں تلے آکر دم توڑ سکتی ہے۔

"یعنی، آپ ہمیں جبراً اس سمندر کی طرف لے جانا چاہتے ہیں کہ ہم سب بھی آپ ہی کی طرح بیکار ہو جائیں۔"

نوجوان نے بوڑھے کو تیکھی نظروں سے دیکھتے ہوئے کہا اور اپنی منزل کی طرف نکل گیا اس اعتماد کے ساتھ کہ سامنے ایسا کوئی بھی سمندر نہیں آنے والا ہے۔

***

فقیر

"مانگنے والے دوسروں کی جھولی بھرنے کی بات کرتے ہیں اور تم بھی ہاتھ پسارے مجھے خوشیاں دینے کے لئے بے تاب ہو، بتاؤ مین تمہاری جھولی میں کیا ڈالوں۔"

"بابا دو چار پیسے ہی ڈال دو۔"

"بس، اور کچھ نہیں۔"

"ایک فقیر کو اور کیا چاہئے۔"

اس نے بھی اپنی جیب سے سارا روپیہ نکال کر اس کی جھولی میں ڈال دیا۔

"'خوش!"

وہ فقیر مسکرایا پھر رونے لگا۔

"اب کیا ہوا۔"

"بابا تُم ہی تو وہ فقیر ہو جس کو اللہ نے مقرر کیا ہے۔ ہم تو منگتا ہیں۔ مانگتے ہیں اور پیٹ بھرتے ہیں۔"

یہ کہتے ہوئے وہ فقیر بھیڑ میں گم ہو گیا۔

***

بیس سال بعد

وہ لڑکی بار بار اسے فون کر رہی تھی

بیس سالوں سے اسکا انتظار کر رہی تھی۔ اس کا کہنا تھا کہ

"مجھے آپ سے محبت ہے اور میں آپ کے لئے ہی ابھی تک کنوارے بیٹھی ہوں۔"

وہ چپ چاپ حالات کا جائزہ لے رہا تھا۔

قسمت کا ستارہ اس کا جب سے غروب ہوا تھا پھر طلوع نہیں ہوا۔

اندھکار میں ایک اور مصیبت، دروازے پر دستک دے رہی تھی۔

بیس سال بعد

وہ لڑکی

اسے تو وہ جانتا بھی نہیں ہے، پھر وہ کیسے پر گٹ ہو گئی ہے۔

ضرور کوئی دھوکا ہے

اسی اثنا پھر فون کی گھنٹی بجی۔

فون اٹھاتے ہی وہ چلانے لگا

"ایک میں ہی بچ گیا ہوں تمہارے لئے۔ کیا تم میرے ساتھ رہ سکتی ہو۔ میں دن میں ایک وقت ہی کھاتا ہوں۔ ہفتے میں تین دن روزے سے رہتا ہوں اور ایک ہی کپڑا مہینوں پہنتا ہوں۔"

"آپ جھوٹ بول رہے ہیں۔ آپ کی کمائی ہوئی وہ دولت کہاں گئی جس کا چرچا دور دور تک ہے۔"

"اچھا یہ بات ہے! وہ میری دولت جس میں، میں دفن ہوں، اس نے دنیا کی نظر میں مجھے سرخرو بنا دیا ہے۔ کیا تم جاننا چاہتی ہو وہ کونسی دولت ہے۔ وہ میرا صبر ہے۔!"

یہ سننا تھا کہ بیس سالوں بعد جاگنے والی کہانی، اچانک ختم ہو گئی۔

پھر اسے کوئی بھی فون نہیں آیا۔

***

کمزور انسان

بہت دنوں پہلے

گاؤں کے ٹیلے پر کھڑا جب میں ہوا تو مجھے لگا کہ میں ہی آج کا تنہا انسان ہوں جو بلندیوں سے آگے نکل سکتا ہے، آسمانوں میں پرواز کر سکتا ہے اور جس کے سامنے کوئی بھی کھڑا نہیں ہو سکتا۔

وہ دن گزر گئے

اب میں اپنی زمیں سے اپنا رشتہ بنانے کے لئے کوشش کر رہا ہوں۔ میرے پاؤں تلے کی زمین مجھے ٹھیک سے کھڑا بھی نہیں ہونے دیتی ہے۔ میرے قدم ڈگمگانے لگتے ہیں۔۔۔۔۔۔۔۔۔۔۔۔۔۔۔۔۔۔۔۔۔۔

زمین سے ابھی ناطہ میرا مضمحل ہے

میں اسمانوں کی بات نہیں کر سکتا۔

پھر یوں ہوا

میرے پاؤں خود بخود زمین کے اندر دھنستے چلے گئے۔

***

ایک دنیا میرے اندر جاگتی ہے

تم میرے پاس ہو

اس نے فون سے کہا اور لائن آف کر دی۔

کیا واقعی وہ اس کے پاس ہے!

اس نے سوچا-------------

ایسا بھی ہوتا ہے، میں شاعر نہیں ہوں جو اپنے خیالوں میں اسے زندہ کرلوں اور اس سے باتیں کروں اس سے اپنا پیار جتاؤں۔

وہ تو کب کی اس خاک میں تحلیل ہو چکی ہے

پھر یہ فون آیا کہاں سے تھا

وہ نسوانی آواز کس کی تھی

کیا میں پاگل ہو رہا ہوں-------------

طرح طرح کی باتیں اسے اپنے گھیرے میں لے رہی تھیں۔ وہ فون کے قریب آیا۔ اسے اٹھایا۔

لائن تو بہت دنوں سے منقطع ہے۔

گھڑی کی طرف دیکھا

رات ڈھل رہی تھی۔ اسی دوران پھر فون کی گھنٹی بجی۔

"ارے یہ کیا ! یہ گھنٹی تو میرے اندر ہی بج رہی۔ کوئی میرے اندر زندہ ہے۔ میرے اندر ہی وہ اپنی سانسیں لے رہا ہے۔ نہیں نہیں! میرے اندر تو ایک شور بپا ہے، یہاں ایک دنیا جاگ رہی ہے۔"

وہ اپنے آپ سے کہتا ہوا، بہت تیزی کے ساتھ اپنی ذات کی کائنات میں چھلانگ لگا دیا۔

***

اللہ کے بندے

بدی اپنے پُر کشش ملبوسات میں زمین کا معاینہ کر رہی تھی جہاں ہر طرف رنگینیوں کی بارات گھوم رہی تھی۔ شرافت مئے کی بوتل میں ناچ رہی تھی۔

یہ دیکھ کر وہ بہت مسرور ہوئی۔

"چلو یہ دنیا اب بھی میری لذتوں کے سمندر میں سمائی ہوئی ہے۔ اس میں ابھی بھی میرے افکار کی خوشبو مہک رہی ہے۔ یہ جاگ رہی ہے اور ایک ایسی جگت خلق کرنے میں محو ہے جہاں سچائی ماتم کرے گی، نیکی آنسو بہائے گی اور اخلاقی اقدار ٹوٹ ٹوٹ کر چُور ہو جائیں گے۔"

وہ گھوم رہی تھی۔ اچانک اُس کی نظریں ایک جگہ رُک گئیں۔

"یہ کیا! میری سحر انگیز دنیا میں میری نعمتوں سے مرحوم یہ لوگ اب بھی رب رب کی رٹ لگائے ہوئے ہیں، کیا انہیں نہیں معلوم کہ اس دنیا کا رب تو کب کے مٹ چُکا

ہے۔ اب یہاں میرے سکّے چلتے ہیں اور صرف میری ہی عبادت ہوتی ہے۔!"

وہ حیرت سے اُن لوگوں کے قریب چلی گئی جو اپنے رب کو پکار رہے تھے اور اُن سے کہنے لگی۔

"کیوں زحمت کی چادر اوڑھے اپنے آپ پر ظلم کر رہے ہو۔ کیا تمہیں دنیا کی رنگینیاں پسند نہیں۔ عیش و عشرت کا جام پی کر مچل جانا نہیں چاہتے ہو۔ کیا اب اُس کی غلامی کر رہے ہو جس کا بس اب یہاں نہیں چلتا ہے۔!"

اُن میں سے ایک نے جواب دیا۔

"ہم عیش و عشرت کی دیوی کی پوجا نہیں کرتے ہیں۔ ہمیں ہمارا یہ حال ہی کافی ہے کہ اسے اللہ نے عطا کیا ہے اور وہی ہمارا پروردگار ہے۔ ہم اُسی کی پیروی کرتے ہیں اور اُسی کے بتائے ہوئے راستے پر چلتے ہیں۔"

یہ سُن کر وہ ہنس پڑی۔

"یہ باتیں تو کب کی پُرانی ہو چکی ہیں۔ خیر تو تم وہی لوگ ہو جو آخر آخر میں بچ گئے ہو۔ اب دیکھو، تمہیں میرے عتاب سے کون بچاتا ہے۔"

پھر وہ اپنے منھ سے آگ اُگلنے لگی اور وہ اس آگ کی زد میں آکر جنت کا لطف اُٹھا رہے تھے اور پکار رہے تھے۔

"بے شک! ہمارے لئے ہمارا اللہ ہی کافی ہے۔"

اور بدبخت لوگوں کی آنکھوں کے سامنے ایسا لگ رہا تھا کہ وہ چیخ رہے ہیں چلا رہے ہیں اور جل کر خاک ہو رہے ہیں۔!!!

***

ماضی

وہ ایک مدت کے بعد پھر واپس آ گیا تھا۔۔۔۔۔۔۔۔۔

اُسے تو وقت نے بہت پیچھے چھوڑ دیا تھا۔ وہ تو یادوں کی کہکشاں میں ہمیشہ کے لئے گُم ہو گیا تھا۔ اُس کا چہرہ ہزاروں چہروں میں کہیں کھو گیا تھا۔ اُس کی آواز چیختے، چلاتے شور کی نذر ہو گئی تھی۔ حقیقتاً وہ میری ذات میں دفن ہو چکا تھا۔ اُس کی انگنت کہانیاں میرے اندر کی گہری تاریکی میں ڈوب چکی تھیں۔ وہ مر چُکا تھا اور اُس کی یادیں تک دم توڑ چکی تھیں۔ پھر یہ کیا ہو گیا! وہ کیسے واپس آ گیا۔ میں بہت حیران تھا۔ میں نے اُس سے پوچھا۔

"اب کیا چاہتے ہو کہ میں اس تپتے ریگ زار میں اپنی منزل تک پہنچنے سے قبل تن تنہا دم توڑ دوں اور تُم قہقہے لگاتے رہو، نہیں میں اب تمہاری مرضی کے سامنے جھک نہیں سکتا ہوں۔ جاؤ چلے جاؤ، کہ تمہاری وجہ سے میرے خوابوں کی وہ دنیا جل کر خاک ہو گئی جس میں سرور و انبساط کا رقص اپنے شباب کو پہنچنے ہی والا تھا، جس میں زندگی رعنائیوں کی چادر میں سمٹ کر شاہکار لمحوں کی تخم ریزی کرنے والی تھی۔ تُم نے سب کچھ تہس نہس کر دیا۔"

میری باتوں پر وہ مسکرایا۔

"اچھا ہے کہ تمہیں وہ ساری باتیں یاد ہیں، ورنہ تُم تباہی کے اُس مقام پر پہنچ جاتے جہاں سے لوٹ کر کوئی واپس نہیں گیا۔"

میں نے اُسے حقارت سے دیکھا۔

"تمہیں مجھ سے اتنی نفرت ہے! لیکن یاد رکھو کہ تُم نے جن زینوں کو طئے کیا ہے میں اُس کی بنیاد ہوں اور بغیر بنیاد کی کوئی عمارت کھڑی نہیں رہ سکتی ہے۔"۔ اُس کی باتوں

پر میرا غصہ کچھ سرد ہوا۔ اُس نے پھر کہا۔

"میں اسی طرح تمہاری زندگی میں رہ رہ کر آتا رہوں گا تاکہ تُم اپنے زخموں کو زندہ رکھ سکو اور اُن کے سہارے اپنی منزل تک پہنچ سکو۔"

پھر یوں ہوا۔ وہ تیزی سے ہوا میں حلول کر گیا اور میں دھیرے دھیرے اپنی اُس منزل کی طرف بڑھنے لگا جو گہری تاریکی میں ڈوبی ہوئی ہے۔!!

***

باطنی دنیا

"کچھ، ہاں یہیں کہیں پر کچھ ہے۔"

اُس نے اپنے دوست سے کہا۔

"نہیں یار! باہر کچھ بھی نہیں ہے۔ جو کچھ بھی ہے تمہارے اندر ہی ہے۔"

اور وہ اپنے اندر کی گہرائی میں اس قدر ڈوبا کہ ابھی تک اُبال نہیں کھایا ہے۔

***

بے خوابی

پھر ایسا ہوا۔۔۔۔۔۔۔۔۔۔۔۔۔۔۔

سارا منظر ڈوب گیا۔ رات اپنے پروں کو پھڑ پھڑاتی ہوئی آئی اور وہ اُس کے پروں پر

اپنی کہانی کی روداد لکھنے بیٹھ گیا۔ لکھتے لکھتے اُس کا قلم جواب دے چکا اور وہ رات کی آغوش میں ہمیشہ کی طرح سونے کی کوشش کر رہا تھا کہ رات نے اُس سے کہا۔

"چلو اُٹھو! میرے جانے کا وقت ہو گیا۔"

ہمیشہ کی طرح وہ بے بسی میں مسکرایا اور رات اپنے پروں کو پھڑ پھڑاتے ہوئے اُس سے رخصت ہو گئی۔!!

***

نشانی

پھر کوئی پرندہ اُڑا تھا

"ماں وہ دیکھو، وہ بھی اُڑ گیا۔"

"بیٹے اب اس پیڑ پر کوئی نہیں رہے گا۔ اب یہ پیڑ مر چکا ہے۔ اب اس پر ہریالی نہیں آئے گی۔"

اُس کے بیٹے نے سمجھ لیا کہ یہ پیڑ بھی مر چکا ہے۔ کچھ دن قبل اس کے باپ کا بھی انتقال ہو گیا تھا۔ اُس کی ماں بہت روئی تھی مگر وہ صرف دیکھتا ہی رہا کہ یہ ماجرا کیا ہے۔ لیکن جب اُس کے باپ کو قبر میں اُتارا گیا اور دفنا دیا گیا تب وہ بہت رویا تھا۔...

"میرے ابو کو باہر نکالو۔"

پھر کچھ دنوں بعد یہ پیڑ بھی سوکھنے لگا تھا۔ اُس کی ماں نے کہا تھا کہ یہ پیڑ اُس کے بابا نے اپنے ہاتھوں لگایا تھا۔ یہ سُن کر وہ باہر چلا گیا تھا اپنے دوستوں کے ساتھ کھیلنے۔ یوں کچھ دنوں بعد اُس کے گھر کی ایک دیوار گر پڑی۔ اُس کی ماں افسوس میں پڑی ہوئی تھی کہ وہ

کھیلتے کھیلتے آیا اور دیوار دیکھ کر چلا پڑا۔

"ماں یہ کیسے ہو گیا!"

"وہی تو میں بھی سوچ رہی ہوں بیٹا کہ یہ بھی تمہارے پاپا کی نشانیوں میں سے ایک تھا۔ کتنی محنت کر کے وہ اس دیوار کو اُٹھا پائے تھے سو وہ بھی گر گئی، پتا نہیں کیا ہوا ہے۔ تمہارے پاپا کے بعد تو اُن کی تمام نشانیاں دھیرے دھیرے ختم ہو رہی ہیں اور ہماری دشواریاں بڑھتی جا رہی ہیں۔ کچھ سمجھ نہیں پا رہی ہوں کہ کیا کروں۔"

اُسی وقت پڑوس کی کچھ عورتیں بھی آ گئیں۔ ان میں سے ایک نے کہا۔

"کبھی کبھی ایسا ہی ہوتا ہے کہ جانے والا اپنی تمام نشانیوں کو بھی دھیرے دھیرے لئے چلا جاتا ہے۔ اب دیکھو نہ تمہارا ایک بچہ ہی تو رہ گیا ہے۔ کہیں اس کو بھی کچھ ہو گیا تو تم کیا کرو گی۔ جلدی سے کسی مولوی کو پکڑو ورنہ مصیبت آتی ہے تو پھر رُکتی نہیں ہے۔"

اس بات پر اُس کی ماں چونک اُٹھی اور اپنے بیٹے کو اپنی گود میں کھینچتے ہوئے کہنے لگی۔

"بہن جی! منہ سنبھال کر بولئے۔ ارے میرے لال کو کچھ نہیں ہو گا۔ یہ میں جانتی ہوں۔"

جب تک ایک دوسری عورت نے طنز کیا۔

"تُم تو ایسے کہہ رہی ہو جیسے وہ اُس کی نشانی نہیں ہے۔"

اسی بیچ میں اُس کا بیٹا بھی کچھ سوچتے ہوئے ماں سے بول پڑا تھا۔

"ہاں ماں! بابا کی نشانیاں ختم ہو رہی ہیں، مجھے بچا لو ماں۔۔"

اس آواز پر اُس کی ماں اُسے گلے لگا کر خوب روئی تھی اور سسکتے ہوئے کہی تھی۔

"میں نے کہہ دیا نہ کہ میرے بیٹے کو کچھ نہیں ہو گا۔ جائیے آپ لوگ اپنے اپنے گھر

جائے"

سب عورتیں چہ میگوئیاں کرتے ہوئے اپنے گھر جاچکی تھیں۔ وقت گزرتا رہا۔ دن ہفتوں میں اور ہفتے سالوں میں تبدیل ہوتے گئے اور دیکھتے ہی دیکھتے وہ بچہ جوان ہو گیا۔ اب اُس کی شادی بھی ہوگئی ہے مگر گاؤں کی عورتیں اب بھی یہ کانا پھونسی کرتی ہیں کہ یہ اُس کی نشانیوں میں سے نہیں تھا۔!!!

***

بے حس مرد

سورج دور پچھم میں ہماری آنکھوں سے اوجھل ہو رہا تھا۔ تھکے ہارے پرندے اپنے اپنے آشیانوں کی طرف محوِ پرواز تھے۔ ایک پُر کشش خاموشی چاروں طرف پھیلی ہوئی تھی۔ بچے بظاہر شور کر رہے تھے مگر اس وقت بہت زیادہ مسرور تھے۔ چند ہی پل میں تاریکی نے اپنا پرچم لہرا دیا اور ہر طرف سیاہی پھیل گئی۔ روزانہ کی طرح آج کی رات بھی اُس کا شوہر نشے میں دُھت گھر میں جس وقت داخل ہوا اُس کے بچے حسب معمول سو چکے تھے۔ بیوی ایک کونے میں بیٹھے دیا کے سامنے بیڑی بنا رہی تھی۔ آہٹ ملتے ہی وہیں سے بولی۔

"آگئے! آج بھی پی کر، تُم سے کتنی بار کہہ چکی ہوں کہ شراب سے توبہ کر لو۔ ارے اب تمہاری بچی بڑی ہو رہی ہے۔ کچھ تو سمجھو۔ جب دیکھو، نشے میں ڈوبے رہتے ہو۔"

"حرامزادی! آتے آتے پھر بولی۔"

وہ نشے کے عالم میں اُس کے اُن گیسوؤں کو پکڑ کر مارنے لگا جس پر اُسے کبھی ناز ہوا

کرتا تھا۔ لہراتے گیسو پر کتنے نوجوان فدا رہتے تھے اور وہ حُسن کا ملکہ بنے اُن پر اپنا رعب جمایا کرتی تھی مگر آج اُسے پہلے کی باتیں خواب خواب سا لگنے لگی تھیں۔ وہ بلاوجہ مار کھا رہی تھی مگر اُف تک نہیں کر رہی تھی کہ اُس کے بچے کہیں جاگ نہ جائیں یا کوئی پڑوسی دوڑے اُس کے گھر میں نہ آجائے۔ شوہر جب تھک گیا تو ایک کونے میں جا کر لیٹ گیا اور بڑبڑانے لگا۔

"سالی جب سے تمہاری شادی مجھ سے ہوئی ہے، میں تو برباد ہو گیا۔ نہ گھر کا رہا اور نہ گھاٹ کا۔ اس عالم میں شراب نہ پیوں تو کیا تمہارا خون گلے سے نیچے اُتاروں۔"

اُس نے کچھ بھی جواب نہیں دیا بلکہ سسکیاں لیتی رہی اور بیڑی بناتی رہی کہ یہی تو ایک سہارا تھا جس کے بل پر اس کے بچے پرورش پا رہے تھے۔ ناکارہ شوہر گاؤں میں شرابیوں کے ساتھ رہ کر صرف پینا جانتا تھا۔ چاہتا تو کام کے لئے شہر جا سکتا تھا مگر اس آدمی کا کہیں ٹھکانہ نہیں ہے۔

وہ سوچتی رہی۔

وہ نشے کے عالم میں اول فول بکتے بکتے سو گیا۔

دیا جلتا رہا۔

اُس کی آنکھوں سے بہتے آنسو بھی خشک ہو گئے۔ وہ بیڑی بناتی رہی۔ سناٹا رقص کرتا رہا اور دیکھتے دیکھتے وہ بھی سو گئی کہ وہ تنہا اس طرح کی آگ میں نہیں جل رہی ہے بلکہ ہزاروں عورتیں اس مرحلے سے گزر رہی ہیں اور اپنی تقدیر پر آنسو بہا رہی ہیں۔!

***

مسافر

"دوریاں ختم ہو جاتی ہیں

راستے بھی کہیں نہ کہیں تھک جاتے ہیں اور ہم چلتے رہتے ہیں، چلتے رہتے ہیں کہ چلنا ہی ہمارا مقدر رہے اور کچھ نہیں۔"

"لیکن بابا وہ فقیر تو ایک زمانے سے ایک ہی جگہ بیٹھا ہوا ہے۔"

"نہیں بیٹا یہ ہماری آنکھوں کا دھوکا ہے۔ وہ بھی چل رہا ہے۔ وہ بھی اپنی ذات کا سفر کر رہا ہے اور چلتے چلتے وہ بھی ایک دن ہماری نظروں سے اوجھل ہو جائے گا۔ یعنی راستہ وہی رہے گا۔ مسافر بدلتے رہیں گے۔"

بیٹا اُس کی باتوں پر مُسکرایا۔ شاید اب وہ بھی اُسی کی طرح زندگی کے فلسفہ سے آشنا ہو گیا تھا کہ وہ یہاں ایک مسافر ہی ہے۔!!

* * *